짜증나의
감정도장

바우솔 작은 어린이 52

짜증나의 감정 도장
Jjajeungna's Emotional Stamps

1판 1쇄 | 2025년 1월 20일

글 | 신은영
그림 | 임미란

펴낸이 | 박현진
펴낸곳 | (주)풀과바람
주소 | 경기도 파주시 회동길 329(서패동, 파주출판도시)
전화 | 031) 955-9655~6
팩스 | 031) 955-9657
출판등록 | 2000년 4월 24일 제20-328호
블로그 | blog.naver.com/grassandwind
이메일 | grassandwind@hanmail.net

편집 | 이영란
디자인 | 박기준
마케팅 | 이승민

ⓒ 글 신은영 · 그림 임미란, 2025

값 12,000원
ISBN 979-11-7147-108-9 73810

※ 잘못 만들어진 책은 구입처에서 바꾸어 드립니다.

제품명 짜증나의 감정 도장 | **제조자명** (주)풀과바람 | **제조국명** 대한민국
전화번호 031)955-9655~6 | **주소** 경기도 파주시 회동길 329
제조년월 2025년 1월 20일 | **사용 연령** 8세 이상
KC마크는 이 제품이 공통안전기준에 적합하였음을 의미합니다.

⚠ **주의**

어린이가 책 모서리에
다치지 않게 주의하세요.

짜증나의 감정 도장

신은영 글 * 임미란 그림

바우솔

머리글

　"너무 화가 나! 친하게 지내던 친구들이 나만 쏙 빼고 자기들끼리
만 놀러 갔지, 뭐야. 화가 나서 참을 수가 없어. 네가 내 입장이라고
해도 엄청 화가 나겠지?"

　친구가 얼른 대답하라는 듯 내게 물었어요.

　"네 감정은 어떤데?"

　"방금 말했잖아. 화가 난다고!"

　내 물음에 친구가 버럭 소리쳤어요.

　"화가 난다 말고, 더 정확한 감정 말이야."

　"화가 난다 말고는 달리 떠오르는 게 없어. 지금 가뜩이나 화가 나
서 힘든데, 너까지 왜 그래?"

　"혹시 화가 난다기보단 서운한 게 아닐까? 친구들이 너한테 물어

봐 줬으면 마음이 상하지 않았을 텐데, 묻지도 않고 자기들끼리만 가 버린 탓에 서운한 것 같은데, 어때?"

살짝 당황한 친구가 고개를 끄덕였어요.

"그래, 서운한 게 맞는 것 같아. 근데 나는 기분 나쁜 일만 있으면 왜 매번 화난다는 말밖에 생각나지 않지?"

조금 진정된 얼굴로 친구가 물었어요.

"네가 너 스스로에게 감정을 묻지 않아서 그럴 거야."

"감정도 물어야 하는 거야?"

친구 눈이 동그래졌어요.

"당연하지. 만약 묻지 않으면 뭉뚱그린 말, 이를테면 화나, 짜증나, 슬퍼 등의 감정만 떠오를 거야. 그러니 스스로에게 꼭 물어봐. '지금 내 감정은 어때? 서운한가? 불안한가? 실망스럽나?' 하고 말이야. 그러곤 꼭꼭 대답도 해 보는 거지."

내 말에 친구가 환하게 웃으며 고개를 끄덕였어요.

《짜증나의 감정 도장》은 제 친구를 떠올리며 쓴 책이랍니다. 제 친구분만 아니라 많은 사람이 자신의 감정을 정확하게 몰라서 당황하는데요, 이 책을 통해 자신의 감정을 이해하고, 잘 표현하면 좋겠습니다.

신은영

차례

짜증 나!

"엄마, 이 캐릭터 도장 좀 봐!"

문틈 사이로 도희 목소리가 새어 들어왔다. 도욱이는 이불을 머리끝까지 당겨 올렸다. 도희가 새로 산 캐릭터 도장을 자랑하러 올 게 뻔해서였다.

"오빠한테도 자랑해야지!"

문이 척 열리더니 도희가 뛰어 들어왔다.

"오빠, 이거 봐! 엄청 귀엽지?"

"그래, 귀엽네."

도욱이는 제대로 보지도 않고 얼른 대답했다. 도희 눈꼬리가 뾰족해졌다.

"자세히 보고 말해야지."

"보긴 봤어. 그러니까 이만 나가!"

도욱이가 손을 휘휘 저었다. 도희는 나갈 생각이 없다는 듯 침대 끝에 마주 섰다.

"특별 선물을 줄게. 손 내밀어 봐!"

"필요 없으니까 빨리 나가라고!"

도욱이 목소리에 짜증이 스쳤다.

"손 내밀 때까지 안 나갈 거야."

도희가 장난기 가득한 얼굴로 도욱이 손을 기다렸다. 도욱이 손이 이불 밖으로 빼꼼 나오자, 도희가 손등에 캐릭터 도장을 쾅 찍었다. 꿍 소리와 함께 도욱이 미간이 일그러졌다.

"윽, 짜증 나!"

11

"왜 짜증 나? 이거 엄청 귀여운 캐릭턴데."

도희가 자기 손등에도 콕 찍어 보여 주며 말했다.

"손에 도장을 찍으면 어떡해!"

"화났어? 난 그냥 장난친 건데······."

도희 얼굴이 샐쭉해졌다.

"이렇게 선명하게 찍으면 씻어도 잘 안 지워진단 말이야! 어휴, 아침부터 짜증 나게!"

도욱이가 씩씩거리는 중에 주방에서 엄마가 외쳤다.

"아침 먹어!"

도희가 홱 돌아서서 나가버리자, 도욱이는 코를 씰룩이며 손등을 내려다봤다. 강아지 캐릭터가 혀를 쏙 내밀며 웃고 있었다. 마음속 짜증이 스멀스멀 커졌다. 곧이어 식탁으로 다가간 도욱이가 도희를 흘겨보며 말했다.

"난 시리얼 먹을 거야."

도욱이가 그릇을 들고 와서 시리얼을 붓자, 도희가 자기 밥 그릇을 툭 내밀었다.

"나도 줘!"

도희 밥그릇이 도욱이 그릇을 밀치는 바람에 시리얼이 식탁 위로 와르르 쏟아졌다. 도희가 재밌다는 듯 까르르 웃었다. 그러곤 떨어진 시리얼을 집어 입속으로 마구 밀어 넣었다.

"오빠도 이렇게 해 봐! 누구 볼이 더 커지나 내기하자!"

도욱이가 눈썹을 꿈틀거리는 동안 도희 볼이 빵빵해졌다. 입도 뻥긋할 수 없을 정도가 되자, 도희가 도욱이 손가락을 당겨 자기 볼을 콕 찔렀다.

슈우우웅!

도희 입에서 시리얼 하나가 대포처럼 날아갔다. 그러곤 곧장 도욱이 코를 맞추고, 아래로 떨어졌다.

"으하하하하!"

도희가 배를 잡고 깔깔 웃자, 도욱이 입에서 아까보다 더 큰 소리가 터져 나왔다.

"어휴, 짜증 나!"

"예쁜 말 좀 써!"

엄마가 못마땅한 얼굴로 말했다.

"오빠는 너무 지루하고 재미없어. 내 친구 오빠들은 장난도

잘 받아 준다는데. 오빤 맨날 짜증만 내잖아."

도희가 앞으로 팔짱을 툭 끼며 어깨를 들썩였다.

학교 가는 길, 앞서가는 라니가 보이자 도욱이 입꼬리가 쓱 올라갔다. 주먹을 꼭 쥐고 달려가려는데, 난데없이 나타난 서준이가 라니 옆에 찰싹 붙었다.

'아, 짜증 나! 내가 먼저 가려고 했는데······.'

도욱이는 아쉬워하며 발로 바닥을 찼다. 서준이가 주머니에서 초콜릿을 꺼내 내미는 게 보였다.

'라니야, 받지 마! 받으면 안 돼!'

도욱이가 목을 쭉 빼고 기도하듯 중얼거렸다. 생긋 웃으며 초콜릿을 받아 든 라니를 보자 도욱이 마음속에서 쨍그랑 소리가 들리는 것 같았다. 그때 뒤에서 다다다닥 달려오는 소리가 났다. 철규가 도욱이를 툭 밀고 달려가더니, 서준이 어깨도 밀쳐버렸다.

"아이, 짜증 나!"

도욱이가 버럭 화내듯 말하자, 철규가 뒤를 휙 돌아봤다.

"도욱이, 아니 '짜증나!', 실수로 민 거 가지고 왜 짜증을 내고 그래?"

철규가 일부러 '짜증나'라고 별명을 붙여 부르자, 도욱이 얼굴이 더 구겨졌다.

"내가 왜 '짜증나'야?"

"몰라서 물어? 걸핏하면 '짜증 나!'라고 하니까. 하여튼 일부러 민 게 아니니까 그렇게 짜증 낼 건 없잖아."

"밀어 놓고 되레 큰소리치는 건 뭐야."

도욱이가 콧구멍을 벌름거리며 구시렁댔다. 철규가 눈을 흘기다 달려가자, 라니가 서준이에게 물었다.

"넌 괜찮아?"

'보나 마나 나처럼 짜증 난다고 하겠지, 뭐.'

도욱이가 입술을 비죽이며 쳐다봤다.

"조금 놀라긴 했지만, 다치지 않았으니까 괜찮아."

"다행이야."

서준이 대답에 라니가 안심하듯 씩 웃었다.

'헉! 왜 짜증 난다고 안 하는 거야? 누가 봐도 짜증 나는 일인데.'

도욱이는 이해할 수 없다는 얼굴로 서준이 뒤통수를 노려봤다.

빨리 나와!

"다들 숙제해 왔죠?"

선생님이 교실을 둘러보며 물었다. 아이들이 책상에서 공책을 꺼내는 동안, 도욱이 어깨가 휙 솟았다.

"숙제가 뭔데?"

도욱이가 짝꿍 미래에게 다급하게 물었다.

"어제 수업 시간에 배운 문장을 3번 적어 오는 게 숙제잖아."

미래가 자기 공책을 보여 주며 대답했다.

"선생님이 '참 잘했어요' 도장을 가져왔어요. 숙제를 잘한 사람은 이 도장들 중에서 하나를 골라 찍을 수 있어요."

선생님 말씀에 아이들이 엉덩이를 들썩였다.

"선생님, 어떤 도장들인지 보여 주세요!"

"저도 궁금해요."

아이들이 우르르 달려 나가 도장을 구경했다. 도욱이는 숨을 급하게 들이마시고 공책에 문장을 쓰기 시작했다. 도장 구경하는 아이들의 감탄이 들릴 때마다 조급해진 도욱이는 자꾸 글자를 틀리게 썼다.

'이제 2번만 더 쓰면 돼.'

도욱이 입매에 힘이 들어갔다. 자리로 돌아온 아이들이 느긋하게 자기 차례를 기다리는 동안 도욱이 손만 분주했다.

"우와! 엄청 예뻐!"

제일 먼저 도장을 받은 예지가 공책을 들어 올렸다. '참 잘했어요'라는 글자가 하트에 콕 박혀 활짝 웃고 있었다. 부러워진 도욱이는 느린 손을 재촉했다. 마지막 한 문장만 쓰면 되는데, 어느새 차례가 바짝 다가왔다.

선생님이 미래 공책을 보며 도장 바구니를 내밀었다.

"미래도 숙제를 열심히 했구나. 마음에 드는 도장을 골라
봐."

미래가 '칭찬해요' 스마일 도장을 골라 찍곤 손뼉을 짝 쳤다.

"도욱이 숙제도 볼까?"

허리를 숙인 선생님 얼굴에서 웃음기가 차츰 달아났다. 절
반밖에 없는 마지막 문장 때문이었다.

"도욱아, 담부턴 숙제를 꼭 집에서 해 오렴."

도욱이가 조금 전까지 쓰고 있었다는 걸 선생님도 알아챈
게 틀림없었다. 도장을 못 받아 서운해진 도욱이 입이 툭 밀려
나왔다. 연이어 도장 찍는 소리가 쾅쾅 들렸다. 도욱이는 도희
가 손등에 찍은 캐릭터를 쓱쓱 문질러댔다.

"짜증 나! 짜증 나!"

익숙한 말이 연신 입에서 흘러나왔다.

다음 날, 엄마가 허겁지겁 신발을 신으며 말했다.

"도욱아, 엄마는 오늘 일찍 출근해야 하니까, 네가 학교 가는 길에 도희 유치원에 좀 데려다줘."

"싫어. 도희는 너무 늦게 준비한단 말이야."

"도희 혼자 가다가 위험할 수도 있잖아."

"유치원이 집 앞인데 위험하긴 뭐가 위험해."

"부탁해! 알겠지?"

엄마가 재빨리 뛰어나간 뒤, 현관문이 쾅 닫혔다.

"짜증 나……."

도욱이가 중얼거리다 움찔했다. 철규가 얄밉게 뱉은 말이 생각나서였다.

'몰라서 물어? 걸핏하면 '짜증 나!'라고 하니까.'

"오빠, 오늘은 일찍 준비할 거니까 짜증 내지 마. 알겠지?"

도희가 신신당부하듯 말하곤 방으로 뛰어 들어갔다. 도욱이가 가방을 메고, 신발까지 신은 채로 현관에 서 있은 지 10분이 지났다.

"왜 안 나와?"

"거의 다 됐어!"

쪼르르 달려 나오던 도희가 "아!" 소리를 내곤 다시 방으로 뛰어갔다.

"어휴, 대체 뭘 자꾸 잊어버리는 거야! 이러다가 나까지 지각한다고."

입에서 '짜증 나'가 나오려고 할 때마다 도욱이는 입술로 꾹 눌렀다. 도희가 다섯 번째 나왔다가 들어갔을 때, 도욱이 볼이 빵빵하게 부풀어 올랐다.

"빨리 나와!"

"알았어. 이제 진짜 다 챙겼어."

머리에 커다란 리본 핀까지 꽂고 도희가 종종걸음으로 나왔다.

"이제 다 챙긴 거지?"

"그렇다니까."

도희가 히죽 웃다가 "아! 깜빡했네." 소리를 크게 냈다. 도욱이 속에서 펑, 풍선 터지는 소리가 났다.

"아!!!!! 짜증 나!!!!"

아차, 하는 생각이 스쳤지만, 이미 늦었다. 깜짝 놀라 목을 쑥 밀어 넣은 도희가 서운한 표정을 지었다.

"햇살이한테 약속했던 우정 반지는 안 가져갈게."

입맛을 쩝 다시며 도희가 신발을 신었다. 도욱이는 사과할까 하다가 고개를 젓곤 터벅터벅 걸어갔다. 평소 같으면 재잘재잘 참새처럼 이야기를 늘어놓았을 도희가 오늘은 단단히 삐친 것 같았다. 도욱이를 쳐다보지도 않고 볼만 씰룩이며 혼자걸어갔다.

유치원 앞에서 도욱이가 인사하려고 할 때였다. 쌩 달려오는 소리와 함께 누군가 도희 가방을 잡고 사정없이 흔들었다. 도희의 앙숙, 재민이었다.

도욱이는 늘 그렇듯 둘이 티격태격 장난 같은 싸움을 하려니 생각하며 멀뚱히 쳐다봤다. 그때, 몸을 휙 돌린 도희 눈에서 레이저가 발사되었다.

25

"짜증 나!!! 이거 놔!!!"

목에 핏대를 세우고 도희가 빽 소리쳤다. 재민이는 물론, 도욱이도 깜짝 놀라 침을 꼴깍 삼켰다.

"장난친 건데. 왜 이렇게 화를 내는 거야?"

당황한 재민이가 물었다.

"너 때문에 짜증 나서 그러지. 흥!"

도희가 고개를 홱 돌리곤 유치원 안으로 뛰어 들어갔다. 어깨를 축 늘어뜨리고 선 재민이를 보자 도욱이는 괜히 미안해졌다.

다른 말을 쓰면 좋겠어

쉬는 시간마다 서준이는 라니 주변을 맴돌았다. 도욱이는 주머니에 든 초콜릿을 만지작대며 연신 기회를 엿봤다.

'왜 자꾸 라니 주변에서 얼쩡대는 거야.'

도욱이가 서준이를 째려보며 구시렁댔다. 한참 만에 라니 혼자 남았다. 이때다 싶어 도욱이가 몸을 일으켰다. 서준이가 준 초콜릿보다 훨씬 큼직한 초콜릿을 건넬 생각에 가슴이 부풀었다.

두어 걸음 나아갔을 때, 잡기 놀이하던 철규와 유찬이 몸이
툭 부딪혔다. 그 바람에 유찬이가 도욱이 쪽으로 떠밀려 둘의
다리가 엉키고 말았다.

"아얏!"

아픈 다리를 부여잡은 도욱이가 용케 '짜증 나'를 참아냈다.

"도욱아, 괜찮아?"

유찬이가 도욱이를 재빨리 일으켜 줬다.

옆에 선 철규가 얄미운 얼굴로 물었다.

"웬일로 '짜증 나'라고 안 하는 거야?"

"나 이제 그런 말 안 써!"

도욱이가 단호하게 대꾸했다.

"큭큭! 별명이 '짜증나'면서, 그런 말을 안 쓴다고? 내가 너 흉내 내볼까?"

웅성거리던 아이들이 철규 쪽으로 몸을 틀었다. 철규가 주먹을 꼭 쥐고 크게 외쳤다.

"짜증 나!!!"

아이들이 키득키득 웃자 도욱이 얼굴에 열이 훅 올랐다. 그때 또다시 라니에게 딱 붙어 앉은 서준이 뒤통수가 보였다. 초콜릿도 못 주고, 친구들 놀림감만 된 것 같아 도욱이 기분이 푹 가라앉았다.

수업 시간, 철규는 도욱이랑 눈이 마주칠 때마다 도욱이 흉내를 냈다.

'윽, 짜증 나! 저 얄미운 녀석은 대체 왜 저러는 거야.'

도욱이 미간이 꿈틀꿈틀 불쾌하게 움직였다.

"어제 한 글쓰기 발표해 볼까요?"

선생님이 아이들을 둘러보다 도욱이를 콕 집었다.

"도욱이가 나와서 해 보렴."

도욱이는 공책을 들고 비척비척 앞으로 나갔다. 공책을 막 들어 올리려는데 정면에 보이는 철규가 또다시 흉내 내기를 시작했다.

주먹을 쥐고, 목을 길게 빼더니 소리는 내지 않고, 입 모양만으로 '짜증 나!!!'를 외쳐댔다.

주변 아이들이 철규에게 엄지를 척 들어 올리자 도욱이 얼굴이 더 벌겋게 달아올랐다. 마음속에서 물이 보글보글 끓으며 냄비 뚜껑을 툭툭 들어 올리는 것 같았다.

"자, 도욱이가 쓴 글의 제목을 들어볼까요?"

선생님이 도욱이 어깨를 두드리며 발표하라는 눈짓을 보냈다. 기다렸다는 듯 철규가 아까보다 더 과장된 몸짓으로 도욱이 흉내를 냈다. 입을 쩍쩍 벌리며 '짜증 나!'를 외쳤다가 주변 아이들에게 머리를 쑥 들이밀고 '짜증 나'를 연거푸 말하느라 정신이 없었다. 아이들이 배를 잡고 웃자, 도욱이 속에서 화르르 물 넘치는 소리가 들렸다.

"어휴, 그만해! 짜증 나!"

도욱이가 철규를 째려보며 제법 큰 소리로 말했다. 흠칫 놀란 선생님이 도욱이 공책을 확인하며 물었다.

"글쓰기 제목이 '어휴, 그만해! 짜증 나!'인 거야?"

아이들이 숨넘어가듯 웃는 동안, 도욱이는 긴 한숨을 뱉었다.

"도욱이 별명이 '짜증나'예요!"

서준이가 놀리듯 한마디를 하자, 아이들 웃음소리가 더 높아졌다. 도욱이는 라니를 흘깃 쳐다봤다. 책상을 치며 웃는 얼굴들 사이에서 라니만 모호한 표정으로 도욱이를 쳐다봤다.

하교하는 시간, 복도에 선 도욱이 고개가 휙휙 돌아갔다.

'어딨지?'

복도 끝으로 걸어가는 라니가 보였다. 도욱이는 주머니에 든 초콜릿을 쥐고 쌩 달려갔다.

"라니야……."

도욱이가 부르려는 순간, 장훈이가 도욱이 어깨를 덥석 잡았다.

"도욱아, 혹시 라니 못 봤어?"

"왜 찾는데?"

"학원 숙제 좀 물어보려고. 벌써 집에 간 건가?"

장훈이가 목을 쭉 빼자 도욱이는 할 수 없이 복도 끝을 가리켰다. 라니를 발견한 장훈이가 후다닥 달려갔다.

둘이 얘기를 나누는 동안, 도욱이는 발끝으로 바닥을 콩콩차며 기다렸다. 아까 본 라니 표정이 자꾸만 마음에 걸렸다. 차라리 다른 아이들처럼 크게 웃었더라면 더 나았을 것 같았다. 그때 뒤에서 왁자지껄한 소리가 들려왔다.

"내가 젤 비슷하게 흉내 낸다니까?"

유찬이가 장난기 가득한 얼굴로 나섰다.

"짜증 나!!! 어때? 똑같지?"

"아냐, 내가 더 똑같아. 짜증 난다고!"

"아니지. 주먹을 꼭 쥐고 몸을 부르르 떨어야 해."

철규, 상민이도 도욱이 흉내를 내느라 정신이 없었다. 우르르 지나가는 아이들 사이에서 도욱이는 입술을 꼭 깨물고 주먹을 쥐었다.

'내가 언제 저랬단 거야. 짜증 나……'

얘기를 끝낸 장훈이가 뛰어왔다. 철규네 무리는 라니를 지나치고 있었다. 철규가 '짜증 나'를 외치며 웃어대는 모습이 자꾸만 도욱이 신경을 긁어댔다.

"도욱이는 콧구멍까지 벌렁거려야 해. 이렇게!"

철규가 손끝으로 콧방울을 잡고 우스꽝스럽게 팔랑거렸다.

"크하하하! 진짜 똑같아!"

아이들 웃음소리가 복도에 쩌렁쩌렁 울려댔다. 걸어가던 라니가 뒤를 돌아봤다. 그러곤 도욱이와 장훈이를 향해 손을 흔들었다.

"윽, 짜증 나!!!"

도욱이가 철규네를 보며 툭 내뱉듯 말하자, 장훈이 눈이 휘둥그레졌다.

"라니가 왜 짜증 나?"

"뭐?"

뒤늦게 라니를 발견한 도욱이 얼굴이 하얗게 질렸다. 흔들던 손을 당겨 내리고 라니가 인상을 썼다. 그러곤 홱 돌아서서가 버렸다.

'라니한테 한 말이 아닌데.'

도욱이는 자기 머리에 꿀밤을 톡 먹이며 발을 굴렀다.

잠시 뒤, 도욱이가 아파트 입구에 섰을 때였다. 옆 동에 사는 라니가 저벅저벅 걸어오는 게 보였다. 모른 척 집으로 갈까, 잠깐 고민하다가 도욱이가 주춤주춤 라니에게 다가갔다. 도욱이를 발견한 라니 얼굴이 금세 딱딱해졌다.

"라니야."

도욱이가 작게 불렀다. 라니가 입을 꾹 닫고 쳐다보자 도욱이 목소리가 더 기어들어 갔다.

"아까 내가 한 말은……"

"대체 내가 뭘 했기에 짜증 난다고 그런 거야?"

라니가 따지듯 물었다.

"아, 아니! 너한테 한 말이 아니야. 정말이야."

도욱이가 급히 손사래를 치는데도 라니 얼굴은 더 굳었다.

"화내지 말고 이거 먹어. 너 주려고 가져온 거야."

도욱이 손이 쭉 뻗어나갔다. 라니는 도욱이와 초콜릿을 번갈아 쳐다볼 뿐, 초콜릿을 집어 들지 않았다.

"왜 주는 건데?"

여전히 냉랭한 목소리로 라니가 물었다. 도욱이는 할 말을 찾지 못해 눈알만 굴렸다.

"그냥…… 너 주고 싶어서."

얼른 받으라는 듯 도욱이가 손을 더 길게 뻗었다. 그런데도 주머니에 쏙 들어간 라니 손은 나올 기미가 없었다.

"도욱아!"

한참 만에 라니가 한숨을 섞어 불렀다. 도욱이는 뻗은 손을 거둬야 할지 말아야 할지 몰라 공중에서 꼼지락대기만 했다.

"왜?"

"넌 네 별명이 싫지 않아?"

도욱이 마음을 콕 찌르는 질문에 손이 절로 아래로 내려앉았다.

"내 별명? 혹시 '짜증나' 말이야?"

라니가 작게 고개를 끄덕였다.

"나도 싫지."

"그러면 그 말을 안 쓰면 되잖아."

답답하다는 듯 말하곤 라니가 빤히 쳐다봤다.

"안 쓰려고 노력 중인데…… 나도 모르게 불쑥불쑥 튀어나오는 거야."

"난 네가 그 말 대신 다른 말을 쓰면 좋겠어."

"다른 말? 글쎄…… 노력해 볼게."

도욱이가 들릴 듯 말 듯 대답했다.

"초콜릿은 안 받을래."

라니가 입술을 씰룩대다 아파트 입구로 들어갔다. 천천히 손을 거두던 도욱이가 손등을 쳐다봤다. 여전히 남아 있는 캐릭터 도장 자국이 도욱이를 올려다보았다.

감정 도장

그 뒤 며칠 동안, 철규네 무리는 틈만 나면 도욱이 흉내를 내며 놀려댔다. 그럴 때마다 입에서 '짜증 나'가 튀어나오려 했지만, 도욱이는 라니를 흘깃거리며 용케 참아냈다. 쉬는 시간에 서준이가 라니에게 쪼르르 달려가는 걸 보자 도욱이 눈썹에 힘이 들어갔다.

"윽, 짜증……"

도욱이가 냉큼 손으로 입을 막았다. 다행히 라니는 못 들은 눈치였다. 서준이가 라니에게 장난을 치며 붙어 앉자 도욱이 콧김이 더 세졌다.

'라니가 다른 말을 쓰라고 했는데. 대체 무슨 말을 쓰라는 거지?'

라니 충고를 곱씹을수록 도욱이는 속이 갑갑해졌다.

하교하는 길, 도욱이 얼굴에 근심이 가득했다.

"오늘은 '짜증 나' 소리를 못 들은 것 같은데?"

철규가 앞을 막아서며 놀리듯 물었다.

"우리가 안 듣고 있을 때, 엄청 말한 거 아냐? '짜증 나! 짜증 나! 짜증 나!' 이렇게 말이야."

상민이가 눈을 감고 중얼거리는 시늉을 하자 아이들이 큰 소리로 웃었다.

"어휴, 짜……."

입술을 꼭 깨물고 도욱이가 눈을 흘겼다.

"어? 너 방금 말하려고 했지? 얼른 해 봐!"

유찬이가 기대하는 눈빛으로 도욱이 입을 뚫어져라 쳐다

봤다.

"아니야! 난 그런 말 안 써!"

웃어대는 아이들을 피해 도욱이는 쌩 달아났다. 터벅터벅 골목길에 들어섰을 때였다.

"냐아아아옹!"

난데없이 아기 고양이 울음소리가 들렸다. 도욱이가 소리를 쫓아 몸을 틀자 뜬금없이 낯선 골목이 나타났다. 도욱이 눈이 휘둥그레졌다. 매일 지나는 골목길이 낯선 길과 이어져 있다는 게 영 믿기지 않았다.

마치 따라오라고 손짓하듯 아기 고양이가 앞발을 들어 올렸다. 그러곤 사뿐사뿐 걸어갔다. 얼떨떨한 얼굴로 따라가던 도욱이가 멈칫했다. 아기 고양이가 지나간 자리마다 하얀 발도장이 선명하게 찍혀 있었다.

조금 더 걸어가자 아주 작은 가게가 나왔다. 폴짝 뛰어 들어간 아기 고양이를 따라 도욱이도 가게 안으로 고개를 밀어 넣으려고 했다.

그때 얼굴 하나가 불쑥 가게 밖으로 나왔다.

"도장 필요해?"

"으아아아악! 어휴, 짜증 나!!!!"

비명을 지르던 도욱이가 아차 싶어 입을 틀어막았다. 동그란 얼굴의 할머니는 싱긋 웃기만 했다. 그러곤 들어오라는 듯 천천히 손짓했다. 주섬주섬 들어간 도욱이가 아기 고양이를 가리키며 물었다.

"할머니, 저 고양이는 왜 발 도장을 찍고 다니는 거예요?"

"왜긴 왜야, 여기가 도장 가게니까 그렇지."

할머니가 돋보기를 코끝에 걸치더니 능숙한 솜씨로 도장을 파기 시작했다.

"도장 가게요? 그럼 이게 다 도장이란 말이에요?"

도욱이가 책상에 늘어선 작은 물건들을 가리키며 물었다.

"그래. 너도 도장이 필요하지?"

"전 필요 없는데요?"

도욱이가 어리둥절한 얼굴로 되물었다.

감정도장

45

"그냥 도장 말고, 감정 도장 말이야."

할머니가 책상 아래에서 상자 하나를 꺼냈다. 뚜껑을 열자 특이한 모양의 도장들이 한가득 들어 있었다. 도욱이가 구경하려고 다가서자 할머니가 툭 물었다.

"입에 '짜증 나'가 딱 달라붙어서 고민이지? 입에서 떼어내면 속이 시원하겠다 싶지만, 마음처럼 안 될 테고. 어때, 내 말이 맞지?"

"헉! 어, 어떻게 아셨어요?"

도욱이가 소름 돋은 팔을 문질렀다.

"척 보면 알지! 세상에 '짜증 나'를 대신할 말이 얼마나 많은데 허구한 날 짜증 나야?"

"전 아무리 생각해도 모르겠던데요?"

"손을 쫙 펴서 손등을 내밀어 봐."

상자 안을 휘젓던 할머니 손이 낚시하듯 도장을 척척 당겨 올렸다. 도욱이는 눈을 동그랗게 뜨고 손등을 내밀었다. 아주 작은 도장 10개가 책상 위에 일렬로 늘어섰다.

도욱이 손등에서 뻗어 나온 손가락에 각기 다른 도장이 차
례대로 찍혔다.

창피해. 당황스러워. 얄미워. 서운해. 놀랐어.
질투 나. 불편해. 지겨워. 쑥스러워. 속상해.

도욱이는 손가락에 찍힌 표정들과 함께 떠오르는 글자들을
하나씩 읽으며 고개를 갸웃거렸다.

"이걸 왜 찍은 거예요?"

"이제 '짜증 나' 대신 이 말들을 해 보는 거야."

"이렇게 많은 말을 한꺼번에 하라고요?"

도욱이가 손가락 끝에 힘을 주며 물었다.

"하나씩만 해야지. 어떤 말을 써야 할지는 손가락이 친절하
게 알려 줄 거야."

"손가락이 어떻게 알려 줘요?"

"두고 보면 알게 될 테니까 이제 가 봐. 난 다른 아이들을 위
한 감정 도장을 새겨야 하니까."

할머니가 책상으로 몸을 기울이며 말했다. 아기 고양이가
발 도장을 찍으며 가게를 빠져나가자, 도욱이도 뒤를 쫓았다.

"아, 참!"

벌떡 일어난 할머니가 소리쳤다.

"젤 중요한 걸 깜빡할 뻔했네. 글자가 완전히 사라지기 전에 네 진짜 감정을 알아야 해!"

"제 감정을 알아야 한다고요? 에이, 자기 감정을 모르는 사람이 어딨어요!"

"자신 있나 보구나? 그럼 이참에 네 별명도 바뀌겠는걸? 잘 가렴."

할머니는 손을 휙 흔들고 다시 책상 앞에 앉았다.

'내 별명까지 알고 있는 거야?'

마음속에 궁금증이 차올랐지만, 도욱이는 질문을 꿀꺽 삼키고 아기 고양이를 따라갔다. 익숙한 골목으로 이어지는 곳에서 아기 고양이가 앞발을 들어 올렸다. 아기 고양이 뒤로 쭉 이어진 발 도장이 보였다. 곧이어 손가락마다 새겨진 말들이 도욱이 눈에 박혔다. 과연 이 말들이 '짜증 나'를 대신할 수 있을까, 라는 궁금증이 마음속에 쑥쑥 차올랐다.

손가락이 알려 주는 말

도욱이가 현관에 섰을 때 도욱이 방문이 살짝 열린 게 보였다. 문을 열고 들어서자 깜짝 놀란 도희가 헉 소리를 냈다. 도욱이가 아끼는 피규어들을 가지고 놀던 참이었다. 진열장 안에서 줄을 맞춰 서 있던 피규어들이 도희 주변에 아무렇게나 널브러져 있었다.

"왜 함부로 내 물건에 손을 대는 거야!"

도욱이가 버럭 화내듯 소리쳤다.

"머, 먼지 털어 주는 거야."

도희가 손가락으로 피규어 머리를 쓱쓱 털며 말했다.

"내가 가지런하게 세워둔 걸 왜 엉망으로 만든 거냐고. 아이, 짜!"

도욱이가 '짜증 나'를 말하려는 순간, 어찌 된 일인지 목구멍이 턱 막혀 다음 말이 나오지 않았다.

"오빠, 왜 그래?"

도희가 눈을 끔벅이며 물었다.

"그러니까, 짜!"

이번에도 다음 말이 입안에서만 맴돌았다. 그때 도욱이 오른손 둘째 손가락이 까딱까딱 춤추듯 움직였다. 깜짝 놀란 도욱이가 손가락을 내려다봤다. 할 말이 있다는 듯 검지가 규칙적으로 움직이고 있었다.

'왜 이러지?'

　도욱이는 왼손으로 오른손을 지그시 누르다 검지에 떠오른 글자를 읽었다.

　'불편해?'

　"오빠, 무슨 일이냐니까?"

　도희가 휙 일어서는 바람에 피규어 몇 개가 바닥으로 후드득 떨어졌다. 가까이 다가온 도희 뒤로 피규어들이 아기 고양이의 발 도장처럼 늘어선 게 보였다.

순간, 도장 가게 할머니 말이 귓가에 울렸다.

'어떤 말을 써야 할지는 손가락이 친절하게 알려 줄 거야.'

도욱이는 여전히 까닥이고 있는 검지를 보며 중얼거렸다.

"불편해."

"뭐가 불편해?"

도희가 걱정스레 물었다.

"그러니까…… 내 마음이 불편하다고."

"아! 미안! 담부턴 꼭 허락받고 가지고 놀게. 근데 오빠……."

영 이상하다는 듯 도희가 고개를 슬쩍 기울였다.

"왜?"

"갑자기 왜 이렇게 친절하게 말해? 이번에도 '짜증 나'라고 말할 줄 알았는데."

"이제 그 말 대신 다른 말을 쓰려고."

"어떤 말?"

도희가 눈을 동그랗게 뜨고 물었다.

"여기 손가락마다 적혀 있는 말!"

도욱이가 손가락을 쫙 펴서 보여 줬다. 도욱이 손에 얼굴을 바짝 갖다 댄 도희가 콧구멍을 후비적댔다.

"어디 적혀 있는데?"

"여기 있잖아. 창피해, 당황스러워, 얄미워…… 안 보여?"

도욱이가 선명한 글자를 가리키며 말하는데도 도희 눈에 의심이 차올랐다. 빤히 쳐다보다 도희가 도욱이 이마에 손을 갖다 댔다.

"열은 없는데? 이상하다."

"뭐가 이상하다는 거야."

"아픈 것 같진 않은데, 아무것도 없는 손가락에 글자가 있다고 하니까 이상하잖아. 그래도 오빠가 이제 '짜증 나' 대신 친절한 말을 쓴다니 기분 좋아."

도희가 만족스럽게 웃었다.

저녁 시간, 도욱이가 먼저 밥을 먹고 있는데, 뒤에서 도희가 살금살금 다가왔다. 도욱이 목에 귀신 인형을 척 올리며 "워!" 소리를 냈다.

"으아아아아아악!!! 짜!"

도욱이가 괴성을 지르곤 '짜증 나'의 첫 글자만 툭 뱉어냈다. 도희는 허리를 뒤로 젖혀 껄껄 웃어댔다. 이번엔 도욱이의 왼손 엄지손가락이 식탁 위에서 툭툭 튀어 올랐다. 손가락의 글자를 확인하곤 도욱이가 중얼거렸다.

"놀랐어."

냉장고를 열던 엄마가 '웬일이야?'라는 얼굴로 도욱이를 쳐다봤다.

"우와! 오빠 말이 진짜였네?"

도희가 손뼉을 짝 치며 즐거워했다.

"무슨 말?"

엄마가 물었다.

"이제 '짜증 나'라는 말 대신 다른 말을 쓸 거라고 했거든."

"어머, 정말? 잘 생각했어. 이렇게 말하니까 얼마나 좋아!"

엄마가 연신 도욱이 뒤통수를 쓰다듬었다. 도욱이는 엄마와 도희가 좋아하는 걸 보며 얼떨떨한 표정을 지었다.

'그래, 앞으로 손가락이 알려 주는 말만 해야지!'

바뀐 별명

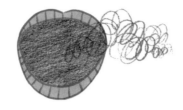

"오빠, 좀 기다려!"

아침에 도희가 부산스럽게 달려 나왔다가 다시 방으로 들어갔다. 15분째 현관에 서서 기다리던 도욱이 표정이 서서히 어두워졌다. 한참 만에 도희가 눈치를 보며 다가왔다. 그러곤 발뒤꿈치를 들어 올려 손으로 도욱이 입꼬리를 쭉 당겨 올렸다.

"오빠, 화난 사람처럼 있지 말고, 이렇게 좀 웃어!"

도욱이 손가락이 까딱까딱 움직였다.

"지겨워."

도욱이가 손가락에 적힌 말을 그대로 읊자, 도희가 안심하듯 웃었다.

"지겹게 만들어서 미안해! 짜증 난다고 안 한 우리 오빠, 최고!"

엄지 두 개를 들어 올린 도희가 방방 뛰어올랐다.

'난 그냥 손가락이 알려 준 대로 말했을 뿐인데.'

도욱이는 찜찜한 표정으로 입술을 깨물었다.

"오늘 햇살이한테 자랑할 거야."

도희가 의기양양한 얼굴로 말했다.

"무슨 자랑?"

"우리 오빠는 이제 '짜증 나'라는 말을 절대 안 한다고."

그 말에 움찔한 도욱이는 무안한 표정을 지었다.

곧이어 유치원 앞에 도착했을 때였다. 도희 친구들이 도희 어깨를 잡고 장난을 쳤다.

"하지 마!"

도희가 따끔하게 말하는데도 친구들은 재밌다며 더 세게 밀었다. 도욱이는 행여 큰소리가 나지 않을까 싶어 눈을 떼지 못했다.

"하지 말라니까!"

도희 목소리가 높아지자, 이제 곧 '짜증 나'가 나올 것 같았다. 인상을 쓰던 도희가 몸을 돌려 도욱이를 쳐다봤다. 힘이 들어간 눈썹에서 조금씩 힘이 빠지는 게 느껴졌다.

"불편해!"

"뭐라고?"

친구들이 동시에 물었다.

"너희가 어깨를 세게 밀어서 불편하다고."

"아, 미안해."

아이들이 금세 사과하고 도희 팔짱을 꼈다. 도욱이는 방금 도희가 '불편해' 대신 '짜증 나'라고 말했으면 어땠을까 상상해 봤다. 보나 마나 불꽃이 튀듯 싸움이 일어나고, 서로 눈을 흘기

느라 바빴을 것 같았다.

"도희 너, 오늘도 짜증 낼 줄 알았는데, 웬일이야?"

"이건 다 우리 오빠 덕분이야. 나도 우리 오빠처럼 '짜증 나'
라는 말을 절대 안 쓸 거야! 어제 우리 오빠가 '짜증 나' 대신
무슨 말을 했냐면……."

도희가 햇살이를 붙잡고 신나게 말하는 걸 보며 도욱이는
피식 웃었다.

급식 시간, 선생님이 잠깐 화장실에 간 사이에 아이들이 우르르 앞으로 나가 줄을 섰다. 철규, 유찬이, 상민이가 장난을 치는 바람에 뒤에 선 아이들이 이리저리 떠밀렸다.

"너희, 좀 가만히 있어!"

여기저기 따끔한 말들이 날아드는데도 셋은 장난을 멈추지 않았다. 그러다 상민이가 팔을 크게 휘저었다. 아이들이 와르르 떠밀리는 중에 예지가 바닥에 엉덩방아를 찧었다. 예지 발에 걸린 도욱이도 중심을 잃고 몸을 휘청였다.

"으아아아악!"

도욱이가 털썩 주저앉자 아이들이 큭큭 웃느라 난리 났다.

'바닥이 왜 딱딱하지 않지?'

바닥을 살피던 도욱이가 헉 소리를 냈다. 예지 다리 위에 앉아 있는 자신을 뒤늦게 발견해서였다. 얼굴이 벌게진 도욱이는 입술을 콱 깨물었다. 속이 부글부글 끓어 금방이라도 철규네 무리에게 '짜증 나!'라고 소리치고 싶었다.

"괜찮아?"

얼른 다가온 라니가 물었다. 도욱이 손가락이 까딱까딱 급하게 움직였다. '창피해'라는 글자가 눈을 콕 찔렀다.

"창피해."

도욱이 말에 놀란 아이들이 빤히 쳐다봤다.

"철규, 유찬이, 상민이! 너희 때문에 도욱이랑 예지가 다칠 뻔했잖아. 빨리 사과해!"

라니가 야단치듯 말하자 다른 아이들도 여기저기 불만을 토로했다. 아이들 눈총을 받은 셋이 예지에게 사과하곤 도욱이 곁으로 다가왔다.

"미안해."

"일부러 그런 건 아니야."

"근데 도욱이 너……."

철규가 입술을 오물거리며 다음 말을 망설였다.

"나…… 뭐?"

"이제 별명을 바꿔야 하는 거 아냐?"

철규 말에 아이들이 하나둘 고개를 끄덕였다.

난 돌아가지 않아!

"도욱아, 집에 같이 가자!"

하교하는 길, 라니가 배시시 웃으며 도욱이 곁에 섰다. 두근거리는 심장을 느끼며 도욱이가 웃음을 꾹 눌러 참았다.

"혹시 내가 한 말 때문에 '짜증 나'라는 말을 안 쓴 거야?"

라니가 눈을 반짝이며 물었다.

"응. 맞아. 그 말을 대신할 말이 의외로 많더라고."

도욱이 말에 라니가 꽃망울을 터트리듯 활짝 웃었다.

"그래! '짜증 나' 안에는 아주 많은 감정이 숨어 있는 것 같아."

도욱이가 고개를 끄덕이고 몸을 틀었을 때, 뒤에서 터벅터벅 걸어오는 서준이가 보였다. 불만 가득한 얼굴로 도욱이를 째려보다 눈이 딱 마주치자 움찔 놀라는 것 같았다. 도욱이가 주머니에서 휴대폰을 꺼냈다.

"뭘 하려고?"

라니가 눈을 동그랗게 뜨고 물었다.

"여기 장미꽃이 엄청 예쁘게 폈어. 우리 같이 사진 찍을까?"

"좋아!"

손가락으로 브이를 그리며 둘이 사진을 찍는 동안, 지켜보는 서준이 눈매가 더 날카로워졌다. 도욱이는 보란 듯이 라니에게 농담을 하고, 장난을 쳤다. 라니의 맑은 웃음소리가 들릴 때마다 가슴이 간질거려 도욱이도 따라 웃기 바빴다.

"라니야, 우리 매일 같이 집에 가자. 어때?"

"아, 그럼 서준이한테 말해야겠다. 앞으론 너랑 집에 가겠다고."

라니 대답에 도욱이 입꼬리가 춤추듯 튀어 올랐다.

"집까지 누가 빨리 가나 대결이야!"

라니가 쌩 달려가며 말하자 도욱이도 신나서 뒤를 쫓았다.

'모든 게 완벽해!'

도욱이 가슴속 풍선이 어느새 커다랗게

부풀어 올랐다.

다음 날, 도욱이는 쉬는 시간마다 라니 곁에 찰싹 붙었다. 같이 사탕을 나눠 먹고, 라니가 좋아하는 캐릭터 연필을 사서 하나씩 나눠 가지자, 절친이 된 것 같았다. 그럴수록 서준이는 둘 사이를 비집고 들어오지 못해 자꾸만 주춤거렸다.

　도욱이가 급식을 먹고 화장실에 갔을 때였다. 세면대에서 손을 씻으려는데 물이 끊어질 듯 이어지며 졸졸 나왔다. 손을 오랫동안 씻으려니 가슴이 갑갑해졌다.

　"윽, 짜증 나!"

　자기도 모르게 내뱉곤 도욱이가 어깨를 움츠렸다. 목덜미가 서늘해지더니 찜찜한 기분이 스멀스멀 퍼져갔다. 웬일인지 손가락도 가만히 제자리를 지키고 있었다.

'그러고 보니 어젯밤에도 '짜증 나'라고 무심코 말했잖아. 게다가 손가락도 까딱이지 않았어. 왜 그런 거지?'

도욱이는 어리둥절한 얼굴로 손을 들여다보다 또 한 번 화들짝 놀라고 말았다. 도장 가게 할머니가 찍어 준 도장 자국이 흔적도 없이 사라진 채였다. 손을 바짝 당겨 자세히 살펴도 마찬가지였다.

'왜 사라진 거야?'

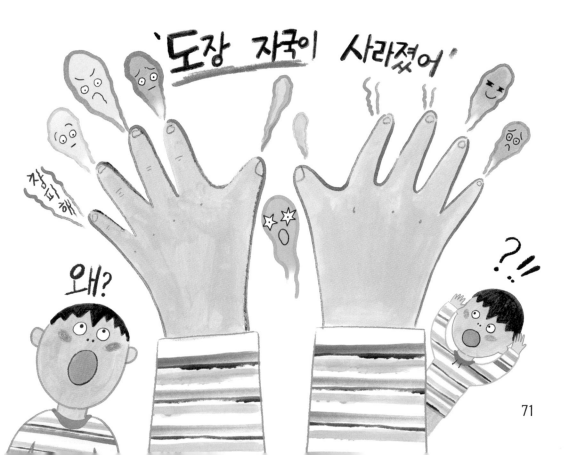

도욱이가 고개를 갸웃거리며 교실로 돌아가는데 누군가 앞을 척 막아섰다. 고개를 들어 바라보니 서준이었다.

"너 때문이야!"

콧김을 뿜어대며 서준이가 말했다.

"뭐가 나 때문이란 거야?"

"나랑 라니랑 매일 같이 집에 갔었는데, 너 때문에 혼자 가게 됐다고."

"그래서?"

"네가 혼자 가! 난 라니랑 가고 싶으니까."

"내가 왜 그래야 해?"

도욱이가 앞으로 팔짱을 끼며 턱을 치켜들었다. 순간 서준이 얼굴이 빨갛게 물들었다.

"왜, 왜냐하면······."

"할 말 없지? 그럼 나 먼저 간다."

놀리듯 툭 내뱉곤 도욱이가 발을 옮겼다.

"너 같은 짜증쟁이는 쉽게 변하지 않으니까!"

서준이 목소리가 크고 단호하게 복도 천장을 울렸다.

"뭐? 짜증쟁이? 아이들이 다들 새 별명으로 날 부르는 거 몰라? '안 짜증나'라고 말이야."

도욱이가 눈을 치뜨며 대꾸했다.

"그럼 뭐해. 어차피 넌 또 짜증쟁이로 돌아갈 텐데."

말끔해진 손가락을 내려다보며 도욱이가 숨을 골랐다.

"난 짜증쟁이로 돌아가지 않아."

"어차피 라니는 짜증쟁이를 좋아하지 않으니까, 조만간 다시 나랑 집에 갈 거야. 넌 또 '짜증 나'라고 계속 말하겠지."

서준이가 비웃듯 입매를 비틀자, 도욱이 얼굴이 사정없이 일그러졌다. 입술을 꾹 눌러 말을 참아보려 했지만, 누르면 누를수록 터져 나오려는 힘이 세어졌다. 그러다 결국엔 뻥 터지듯 튀어나오고야 말았다.

"윽, 짜증 나!!!!"

도욱이가 얼른 손으로 입을 틀어막았다.

"거 봐! 벌써 짜증쟁이로 돌아갔잖아."

"너 때문이야. 왜 자꾸 짜증 나게 만드냐고. 으윽, 짜증 나!!!"

"어?"

갑자기 서준이가 눈을 크게 떴다. 그러곤 당황한 얼굴로 도욱이 뒤를 살폈다. 도욱이가 천천히 몸을 돌려 뒤를 봤다. 잔뜩 실망한 얼굴의 라니가 보였다.

"헉! 라, 라니야, 내가 일부러 그런 게 아니라······."

다급해진 도욱이가 변명거리를 찾는 동안, 라니는 교실로 휙 들어가 버렸다.

내 기분은?

하교하는 시간, 도욱이가 라니 곁으로 다가갔다. 쌩 찬바람
을 일으키며 라니가 교실을 빠져나갔다.

철규 무리가 다가와 도욱이 어깨를 톡 두드렸다.

"다시 '짜증나'로 돌아갔다며?"

"그새 소문이 쫙 퍼졌더라고."

"별명이 바뀐 지 며칠 되지도 않았는데 어쩜 그렇게 쉽게 돌아갈 수 있어?"

아이들이 놀리듯 말하자 도욱이 입꼬리가 축 내려앉았다.

집으로 가는 길, 도욱이는 손가락을 만지작대며 생각했다.

'뭐라고 적혀 있었더라? 속상해, 불편해, 놀랐어⋯⋯. 또 뭐였지? 어휴, 겨우 3개밖에 떠오르지 않잖아. 그동안 손가락이 감정을 알려 줘서 편했는데. 앞으론 어떻게 하지?'

바닥을 툭툭 차며 걷던 도욱이가 갑자기 멈춰 섰다.

"아! 그럼 되겠다."

도욱이는 도장 가게 할머니에게 다시 감정 도장을 찍어달라고 부탁할 참이었다. 익숙한 골목에 들어서서 이리저리 고개를 돌렸다. 어찌 된 일인지 도장 가게가 있던 새 골목은 감쪽같이 사라지고 없었다.

'대체 어떻게 된 거야?'

허탈한 얼굴로 도욱이가 바닥에 툭 내려앉았다. 텅 빈 손가락을 내려다보다 벽 아래에 찍힌 고양이 발 도장을 발견했다.

"헉! 아기 고양이 발 도장이잖아."

도욱이가 발 도장을 손으로 쓱 문지르자, 아기 고양이가 도장 가게로 안내해 주고, 배웅까지 해줬던 기억이 선명하게 떠올랐다. 이어서 할머니가 감정 도장을 도욱이 손가락에 콕콕 찍어 줬던 모습까지 눈앞에 보이는 것 같았다.

'그때 할머니가 뭐라고 했더라? 아! "글자가 완전히 사라지기 전에 네 진짜 감정을 알아야 해!"라고 했었지. 나는 "자기 감정을 모르는 사람이 어딨어요!"라며 어이없어했는데. 정작 내가 내 감정을 잘 모르다니. 조금만 기분이 나빠도 오직 '짜증 나' 밖에 떠오르지 않잖아. 내 진짜 감정을 어떻게 알 수 있을까? 그냥 예전처럼 도장 찍힌 손가락이 쉽게 알려 주면 좋을 텐데.'

도욱이는 손가락을 까딱이며 긴 한숨을 내쉬었다.

잠시 뒤, 도욱이가 현관에 들어서자 티격태격하는 소리가 귀를 콕콕 찔렀다. 도희가 친구들을 데려온 모양이었다.

"오빠 왔어? 얘들아, 우리 오빠한테 인사해!"

도희가 벌떡 일어나 소리쳤다.

"오빠, 안녕!"

"안녕!"

인사를 건넨 아이들과 달리, 한 아이만 뾰로통한 얼굴로 입을 꾹 다물고 있었다.

"세미야, 넌 왜 인사 안 해?"

"지금 인사할 기분이 아니야!"

세미가 콧구멍을 넓히며 나지막이 대답했다.

"그럼 뭐 하고 싶은 기분인데?"

눈을 끔뻑이며 도희가 물었다.

"그냥 가만히 있고 싶은 기분!"

"그래, 기분 풀리면 말해 줘. 알겠지?"

도희가 세미 어깨를 토닥이며 블록 상자를 꺼냈다. 멀뚱히 쳐다보던 도욱이는 자기 방으로 들어와 침대에 털썩 누웠다.

꽉 막힌 머릿속을 헤집어도 진짜 감정을 알아낼 방법은 떠오르지 않았다.

"우와! 유빈이가 블록 성을 엄청 높게 쌓았어!"

"무너질 수도 있으니까 다들 만지지 마!"

"내가 무너지지 않게 잡아 줄게."

"헉! 블록 성이 흔들리잖아!"

한참 만에 거실이 소란스러워졌다.

"안 돼!!!"

와르르르르!

"세상에! 성이 무너졌잖아!"

"정성 들여서 쌓은 거였는데……."

"네가 만지지 말았어야 해."

아이들의 불만과 탄식을 들으며 도욱이는 생각했다.

'성을 쌓은 애는 엄청 짜증 나겠다. "짜증 나!"라고 고래고래 소리를 지를지도 몰라.'

"유빈아, 속상하지?"

도희가 주춤거리며 물었다.

"아니, 괜찮아."

"정말?"

"또 쌓으면 되니까."

유빈이가 까르르 웃으며 말하자, 거실 분위기가 이내 느슨해 졌다.

"만약 내가 유빈이라면, 엄청나게 화냈을 거야! 도희 넌 어떤 기분이었을 것 같아?"

"나라면? 억울해서 아마 눈물도 찔끔 났을 거야."

도희 대답에 아이들이 깔깔 웃었다.

"민지 넌 기분이 어땠을 것 같아?"

"소라 네 기분은?"

도욱이는 아이들이 서로의 기분을 묻고 답하는 걸 가만히 듣고 있었다. 그러다 무심결에 혼잣말을 했다.

"내 기분은?"

너무 쉽고 간단한 질문이지만, 한 번도 스스로에게 묻지 않았다는 걸 뒤늦게 깨달았다. 별생각 없이 감정 도장이 알려 준 대로 말하는 동안, 마치 자신의 감정을 잘 알고 있다고 착각했던 것 같다.

'지금 난 화가 나나? 아니! 그럼 부끄럽나? 조금! 답답한가? 아주 많이!'

혼자 질문과 대답을 쭉 이어가던 도욱이 눈이 반짝 빛을 냈다.

지금 화가 나나?
부끄럽나? 조금

내 감정

답답해
아주 많이

혹시 지금 짜증 나?

다음 날 아침, 도희가 도욱이 방으로 후다닥 뛰어 들어왔다.

"어휴, 깜짝이야!"

휴대폰을 보며 헤벌쭉 웃던 도욱이가 화들짝 놀라 소리쳤다.

"오빠, 뭘 보고 그렇게 행복하게 웃고 있어?"

"아냐, 아무것도. 넌 왜 왔는데?"

도희가 도욱이 휴대폰을 냉큼 뺏어 들었다.

"휴대폰은 왜 가져가!"

도욱이가 몸을 벌떡 일으키며 손을 뻗었다. 뒤로 쓱 물러난 도희가 휴대폰 화면을 누르려다 눈을 반짝였다.

"어? 오빠랑 라니 언니랑 찍은 사진이네? 방금 이걸 보고 웃은 거야?"

"아, 아니야!"

"아니면 뭘 보고 있었는데?"

"장, 장미! 그래, 장미가 너무 예뻐서 구경하는 중이었어."

도욱이 귓불에 열이 훅 올랐다.

"라니 언니가 아니라, 장미를 보고 웃었다고? 크하하하! 믿어 줄게."

도희가 능글맞게 눈썹을 찡긋거리며 휴대폰 화면을 톡톡 눌렀다.

"뭐 하는 거야?"

"내 생일을 잊으면 안 되니까 알림 설정하는 거야. 올해는 선물을 꼭 받고 싶으니까."

도희가 윙크를 하곤 돌아섰다.

짧은 팔을 휙휙 흔들며 걸어가는 도희를 보다 도욱이가 피식 웃었다.

"꼭 줄게!"

도욱이 말에 도희가 흠칫 놀라 돌아봤다.

"정말?"

"응!"

"오빠가 웬일이야?"

할 말을 찾느라 도욱이가 눈알을 뱅글 굴렸다. 그러다 생각만 해도 부끄럽다는 듯 손으로 눈을 슬쩍 가리고 중얼거렸다.

"넌…… 하나밖에 없는 내 동생이니까……."

도희는 놀란 얼굴로 멍하니 쳐다보기만 했다. 도욱이가 눈에서 손을 떼고 툭 물었다.

"왜 말이 없어?"

도희가 저벅저벅 걸어와 도욱이 이마에 손을 댔다. 심각한 얼굴로 콧구멍을 벌름거리다 휙 돌아서서 소리쳤다.

"엄마! 오빠가 이상해!!!"

수업 시간에 선생님이 작은 종이를 한 장씩 나눠 주며 말했다.

"이건 감정 카드예요. '오늘 나는 ○○ 합니다.'라고 적혀 있죠? 빈칸에 자신의 감정을 솔직하게 써보는 거예요."

"선생님, 짜증 난다고 적어도 되나요?"

유찬이가 손을 번쩍 들고 물었다.

"오늘 짜증 나면 그렇게 적어야죠."

"유찬아, 그건 도욱이가 쓸 거니까, 넌 다른 걸 써!"

철규 말에 아이들이 키득키득 웃었다. 슬쩍 마음이 상했지만, 도욱이는 이내 아무렇지 않은 듯 감정 카드를 보며 스스로에게 물었다.

'오늘 내 기분은? 행복한가? 아니! 슬픈가? 아니! 속상한가? 조금!'

한참을 고민하다 도욱이가 감정 카드 빈칸에 글자를 채워

넣었다.

"자, 이제 발표해 볼까요? 라니가 먼저 해 보세요."

선생님 말씀에 라니가 감정 카드를 들고 앞으로 나갔다.

"오늘 저는 우울합니다!"

"왜 우울해요? 이유도 들어볼까요?"

"아침에 동생이랑 우유 팩을 가지고 장난을 치다가 우유를 다 쏟았거든요. 사실 지난번에도 그런 적이 있어서 엄마가 더 화가 난 것 같아요. 아침부터 야단맞아서 우울해요."

"라니가 충분히 우울할 만하네요. 자, 라니 기분이 나아지도록 손뼉을 쳐 줄까요? 그럼 이번엔 상민이가 발표해 봐요."

자리로 돌아오던 라니가 도욱이를 쳐다봤다. 둘 다 하고 싶은 말이 많은 얼굴로 입술을 쏙 말아 넣었다.

"오늘 저는 짜증 납니다!"

상민이가 자신의 감정 카드를 휙 들어 올리며 발표했다.

"그건 도욱이가 쓸 거라니까!"

철규가 나무라듯 말하자, 키득거리는 소리가 퍼져갔다.

"상민이가 짜증 난 이유를 들어볼까요?"

"오늘 아침에 동생이 제 피규어를 망가트렸지, 뭐예요. 어휴, 짜증 나!"

분을 삭이기 힘든지 상민이가 발까지 탕탕 굴렀다.

"상민이 너, 도욱이한테 배운 거야? 이제 네 별명도 '짜증나'로 해야겠네."

유찬이가 깔깔거리며 말하자 아이들이 피식 따라 웃었다. 이번에도 라니만 웃지 않고 도욱이 표정을 살폈다.

"동생이 내 물건을 망가트리면 화가 날 만하죠. 상민이 기분이 나아지도록 손뼉을 쳐 주세요. 이번엔 도욱이가 해 볼까요?"

선생님 말씀에 아이들이 일제히 도욱이를 쳐다보며 수군댔다.

"보나 마나 '짜증 납니다'라고 하겠지, 뭐."

철규가 콧방귀를 밀어내며 말했다. 저벅저벅 걸어 나간 도욱이가 조심스레 감정 카드를 들어 올렸다.

"오늘 나는 불안합니다."

"불안하다고?"

"왜 '짜증 난다'가 아니지?"

아이들이 웅성거리며 호기심을 드러냈다.

"도욱이는 왜 불안할까요?"

선생님이 도욱이 어깨에 손을 올리며 물었다.

"혹시 또 '짜증 나'가 입에서 튀어나올까 봐 불안해요."

평소 도욱이를 놀리던 아이들이 움찔하며 입술을 모았다.

"그 말을 쓰지 않으려면 어떻게 해야 할까요?"

"저 스스로한테 물어봐야 할 것 같아요. 제 진짜 기분을요. 얼마 전 라니가 했던 말처럼 '짜증 나' 안에는 아주 많은 감정이 숨어 있는 것 같거든요."

도욱이 말에 라니가 히죽 웃었다.

"맞아요. 사실 선생님도 속상할 때, 화날 때, 부끄러울 때, 심지어 슬플 때조차 모두 다 짜증 난다고 말해요. 앞으론 정확하게 어떤 감정인지 잘 구분해서 말해야겠어요. 솔직하게 발표해 준 도욱이에게 손뼉을 쳐 줄까요?"

아이들의 박수 세례에 쑥스러워진 도욱이는 머리를 긁적이며 자리로 돌아왔다.

하교하는 길, 도욱이가 도희네 유치원 앞에 멈춰 섰다. 꽃밭에서 꽃을 구경하는 아이들 사이로 도희 얼굴이 보였다. 도욱이는 손을 흔들까, 잠시 고민하다 몸을 틀었다.

"도욱아!"

후다닥 달려온 라니가 도욱이 어깨를 톡 쳤다.

"라니구나……."

무슨 말을 해야 할지 몰라 도욱이는 가만히 입술만 깨물었다.

"너 오늘 발표 엄청 멋졌어!"

"정말?"

도욱이 얼굴에 웃음이 내려앉았다.

"난 네가 그 말을 안 쓰려고 그렇게 애쓰는 줄도 모르고, 너무 쉽게 실망했지, 뭐야. 미안해."

"미안한 건 오히려 나야. 끝까지 약속을 지켜야 했는데……."

도욱이가 머리를 긁적였을 때, 꽃밭에 선 도희가 큰 소리로 불렀다.

"라니 언니!"

"도희야, 안녕!"

라니가 반갑게 손을 흔들었다.

"내가 우리 오빠 비밀 하나 알려 줄까?"

"비밀?"

얼른 듣고 싶다는 듯 라니가 몸을 기울이자, 당황한 도욱이가 소리쳤다.

"도희 너, 무슨 말을 하려는 거야!"

"도희야, 도욱이 비밀이 뭔데?"

라니 얼굴에 궁금증이 차오르자, 도희가 커다란 웃음을 터트리며 말했다.

"우리 오빠가 언니랑 찍은 사진을 보면서 히죽히죽 웃고 있더라고!"

도희 말에 옆에 선 친구들이 깔깔 웃어댔다.

"강도희! 그걸 말하면 어떡해! 어휴!"

도욱이가 어쩔 줄 몰라 하며 눈을 흘겼다.

"사실이잖아! 메롱!"

도희가 혀를 쏙 내밀고 반대쪽으로 달려갔다. 입술을 깨문 도욱이를 보며 라니가 조심스레 물었다.

"도욱이 너, 혹시 지금 짜증 나?"

"아니! 지금 난……"

도욱이가 잠시 생각하다 입을 뗐다.

"쑥스럽고…… 부끄러운 것 같아."

라니가 엄지를 척 들어 올리자, 도욱이 얼굴에 환한 웃음이 번졌다.